Erhard Kaupp

Wenn Olli zaubert

Was macht denn Ferdinand, das Murmeltier am Badestrand?

© 2019
Umschlag, Text und Illustration: Erhard Kaupp
Korrektur: Volker Müller

Verlag & Druck: tredition GmbH, Hamburg

ISBN
978-3-7482-7074-4 (Paperback)
978-3-7482-7075-1 (Hardcover)
978-3-7482-7076-8 (e-Book)

Vorwort

Auf den ersten Blick sieht Olli aus wie ein normaler Junge. In Wirklichkeit ist er ein Kobold. Sein Gesicht ziert eine auffallend große Knubbelnase. Die feuerroten Haare lugen wie vertrocknete Strohhalme unter einem giftgrünen Käppi hervor. Er hat die Gabe, heimliche Wünsche anderer erfüllen zu können. Doch die Sache hat einen Haken! Da Olli noch sehr jung ist und die Schule für angehende Zauberer besucht, hat er längst nicht die magischen Kräfte erfahrener Hexenmeister. So kommt es durchaus vor, dass nicht immer alles so läuft, wie es soll.

In dieser Folge war Olli mit einem Ballon unterwegs. In den Schweizer Alpen landete er zufälligerweise mitten auf einer saftig grün bewachsenen Alp. War es etwa ein Wink des Schicksals, dass er hier auf den traurigen Ferdinand traf? Das kleine Murmeltier kam mit zwei unterschiedlich langen Hinterbeinen auf die Welt. Deswegen verspotteten ihn seine Schulkameraden, und sie riefen ihm *Hinkebein* hinterher.

„Das ging gar nicht, hier musste etwas geschehen!"

Also setzte Olli kurzerhand seine Zauberkraft ein, nahm die Fell-Nase mit auf eine abenteuerliche Reise an die Nordseeküste und brachte das Murmeltier damit, fernab seiner Familie, in Lebensgefahr.

Kobold Olli war wieder einmal auf Reisen. Seine roten Haare leuchteten unter der hoch am Himmel stehenden Sonne kräftiger als sonst. Das giftgrüne Käppi hatte er über beide Ohren gezogen, denn hier oben pfiff ihm ein eisig kalter Wind entgegen. Mit der einen Hand hielt er sich an einem Seil fest und mit der anderen an einem Gestänge. Dieses hing direkt über seinem Kopf und war an dünnen, aber reißfesten Schnüren an dem riesigen Ballon befestigt, den er sich zum Transportmittel auserkoren hatte. Schon lange hatte er von solch einer Reise geträumt. Lautlos schwebte er in dem wie ein übergroß aussehender Fußball über das Land, den Wolken immer ein Stück voraus. Nur der Wind, der ihn vorantrieb, bestimmte sein Ziel. Am Horizont sah er schon die Alpen. Von diesem Gebirge hatte ihm vor gar nicht langer Zeit ein Freund erzählt. Sie zogen sich von Frankreich über die gesamte Schweiz hinweg bis nach Österreich. Steil und hoch ragten die Gipfel in den blauen Himmel hinein. Obwohl es Sommer war, trugen manche immer noch ein weißes Häubchen aus Schnee.

Er ließ seinen Flugapparat absichtlich weit aufsteigen. Die Gondel durfte nicht an einem der scharfkantigen Felsen hängen bleiben. Nicht auszudenken, was bei einer Notlandung hätte alles passieren können. „Bing – bing" klang es aus der Tiefe. Es war das Scheppern von Kuhglocken, ihr Gebimmel war unüberhörbar und erinnerte ihn an das Läuten einer alten Dorfkirche.

Noch nie in seinem Leben reiste er mit einem Heißluftballon, in solch einer Höhe. Wie winzig klein, von hier oben aus der Luft betrachtet, doch alles aussah!

„Sind das vielleicht Bergwanderer, die dort unten in Richtung der Alphütte spazieren?", fragte sich Olli.

Er nahm einen altmodischen Feldstecher zur Hand, das wollte er genau wissen. Er hielt ihn vor seine Augen, guckte hindurch, konnte aber gar nichts mehr erkennen. Spaßeshalber drehte er diese *„Durchguckmaschine"* um und schaute von der anderen Seite durch die Gläser.

Boah, war das alles riesig, was er jetzt zu sehen bekam. Hatte er doch tatsächlich zuerst verkehrt herum durch das Fernglas geschaut. Na ja, das passiert eben mal. Mit den Fingern drehte er am einstellbaren Objektiv und sah durch die Gläser gestochen scharf zwei menschliche Wesen auf einer Wiese.

Es waren offensichtlich Bergbauern, die im Sommer ihre Alp mit Kühen und Schafen bewirtschafteten. „Er" war eine großgewachsene Person in einer speckigen, kurzen Lederhose. Sogar die von Hand genähten Verzierungen konnte Olli bis ins Detail erkennen. Langsamen Schrittes stampfte der Mann in seinen schweren Wanderschuhen über die Wiese. Ihm zur Seite stapfte eine Frau. Blonde Zöpfe lugten frech unter ihrem bunten Kopftuch hervor. Unterhalb der rotkarierten Schürze steckten ihre Beine in grünen Gummistiefeln. Beide trugen je zwei randvolle Milchkannen. Das erklärte, warum sie so langsam in Richtung der Sennhütte schritten. Diese schlichte Holzhütte stand auf einem mit Natursteinen gemauerten Sockel. Handgeschnitzte Schindeln, mit denen das Dach bedeckt war, leuchteten orangerot im warmen Licht der Sonne.

„Toll, so ein Fernglas. Obwohl alles so weit weg ist, scheint es zum Greifen nahe zu sein!", murmelte der Kobold vor sich hin.

Er hielt das Ding fest in seiner Hand und ließ es nicht mehr vom Auge. Fasziniert betrachtete er das idyllische Fleckchen Erde.

Herrlich grün leuchteten saftige Wiesen. Als hätte ein Riese mit Murmeln gespielt lagen darauf verstreut schiefergraue Felsbrocken. Schmutzig Reste von Schnee zeugten von der einst weißen Pracht des vergangenen Winters.

Olli entschloss sich kurzerhand zur Landung. Zum ersten Mal besuchte er die Berge. Er heizte die Luft im Ballon nicht mehr auf, was zur Folge hatte, dass er in einen langsamen Sinkflug überging. Inzwischen konnte er schon mit dem bloßen Auge die ersten Erdlöcher von Murmeltieren erkennen.

Jetzt verstand er auch, warum man in der Schweiz die Bergwiesen mit dem kurzgewachsenen Grase „Matten" nannte. Wie Teppichböden klebten diese auf der Erde unterhalb der Berggipfel, die sich mancherorts weit über 3000 m in den Himmel streckten.

Sanft setzte die Gondel auf dem Boden auf. Nach und nach entwich die warme Luft aus der zuvor so strammen Hülle. Wie ein leerer Müllsack fiel sie in sich zusammen. Da lag sie nun. Olli schaute sich gründlich um. Geblendet blinzelte er in die Sonne, die sich in seinen Augen spiegelte. Löwenzahn und Gänseblümchen blühten um die Wette. Dazwischen versteckte sich ein blühendes Edelweiß.

Olli vernahm einen schrillen Pfiff. Und noch einen. Es hörte sich so an, als ob jemand pfeifend darauf antwortete. Er stieg auf einen kleinen Felsen und entdeckte ein Murmeltier. Das stand auf den Hinterbeinen, ebenfalls erhöht auf einem großen Stein. Papa Karl hatte mit einem lauten Schrei, welcher mehr einem Pfeifen ähnelte, seine Familie vor diesem riesigen Monster gewarnt. Nur um Haaresbreite hatte der bunte Plastiksack die Murmeltierhöhle verfehlt, die alle vier Eingänge verdeckt hätten.

Mit einem Auge beobachtete Karl misstrauisch den rothaarigen Eindringling mit der grünen Mütze, der nicht weit von ihm entfernt wie ein „Bi-Ba- Butzemann" durchs Gras sprang. Mit dem anderen Auge ließ er nicht ab vom Steinadler, der hoch über ihnen seine Kreise zog. Das bedeutete für Fell-Nasen aller Art Alarmstufe 1! Denn vom Himmel herab kamen bisher keine Freunde. Die riesigen Vögel waren die Todfeinde der Murmeltiere.

Karl war ein verantwortungsbewusster Vater, oder besser

gesagt, Opa. Er hatte eine Frau mit sieben Kindern. Zu diesen gesellten sich inzwischen ebenfalls schon wieder deren Nachkommen.

So entstand eine komplette Kolonie kleiner Murmeltierchen, die äußerst lebendig waren. Es fiel „Opapa" Karl nicht leicht, sich die ganzen Namen zu merken. Willi - Erwin - Amadeus – Mathilde - Elvira und Friedrich. Dann die Enkel Hubertus - Oswin - Anna - Frieda - Hilde - Tommi - Ute - Bernd – Benny – Janne und Isabella. Halt, einer fehlt noch. Ferdinand! Er war das Nesthäkchen und wurde gerne übersehen in der wilden Mannschaft.

Ja, fast hatte Opa Karl zwei komplette Fußballmannschaften in seiner Familie. Wenn diese wilde Horde draußen vor der Höhle spielte, da war aber ordentlich was los! Da hieß es: „Ganz schön aufpassen!" Insbesondere auf die Kleinen, die sich mit ihren kurzen Beinchen vor Jägern nicht rechtzeitig in Sicherheit bringen konnten. Denn ein Adler auf Beutezug stieß ohne Warnung pfeilschnell vom Himmel herab.

Wenn Opa Karl also einen Warnpfiff ausstieß, bedeutete dies: *„Lauft und bringt euch in Sicherheit."* Pfiff er aber drei Mal kurz hintereinander, dann hieß das: *„Rennt ums Leben,* so schnell wie die Beine tragen! Ab in das nächste schützende Loch."

Ja, so „schnell wie die Beine tragen". Das ist klang so einfach. Aber nicht für jemand, der wie Nesthäkchen Ferdinand ein verkümmertes Beinchen hat. Nicht immer meint die Natur es gut und spielt seltsame Streiche. So kam der jüngste Spross des Clans mit unterschiedlichen Hinterläufen auf die Welt. Einer davon nur mal halb so lang wie der andere. Gewiss hatte der Kleine gelernt, damit zu laufen, trotzdem war er immer langsamer und hinkte den anderen hinterher. Dafür war er in der Schule beim Unterricht der Beste. Dennoch wurde er oft gehänselt.

„Hinkebein, Hinkebein!", und „Du lahme Schnecke du!"

Wie oft musste Ferdinand sich das anhören und es machte ihn ganz, ganz traurig. Fast täglich kletterten seine Kumpels bis hoch zu den Felsen. Für sie war es eine Kleinigkeit, sie konnten klettern und springen, dass es nur so eine Freude war. Nur der kleine Ferdi, wie er von Mama liebevoll genannt wurde, blieb oft zurück. Ausgeschlossen von seinen besten Schulkameraden.

So kam es, dass er von seiner Heimat zu Hause in den Bergen, noch nicht viel mehr gesehen hatte, als den Weg zur Murmeltierschule.

Wie gerne hätte er, so wie die anderen, einmal oben auf einem Felsen gesessen. Und hätte hinab geschaut ins Tal. Ja, *hätte, hätte Fahrradkette!* Stattdessen lauschte er nur den Erzählungen seiner Freunde und deren abenteuerlichen Erlebnisse.

Ein neuer Tag war angebrochen. Die Sonne blinzelte zwischen den hohen Bergen hindurch. Sie schob den Nebel, der sich in der Nacht auf die Bergweiden gelegt hatte, zaghaft beiseite. Die Tautropfen glänzten in den Sonnenstrahlen und ein paar krummgewachsene Latschenkiefern warfen ihre langen Schatten über die Wiese. Das war die Welt der Murmeltiere. Nur an den unzählig gut getarnten Löchern in der Erde war zu erkennen, dass hier eine überaus große Familie zu Hause war.

Viele Fußspuren verwiesen auf den Eingang zur Schule. Die Stille zeigte, es war Unterricht und die Kleinen in ihren Klassenzimmern lauschten den Worten der Lehrerin. Doch wehe, wenn die Pausenglocke ertönte. Dann war richtig „Action" angesagt und vorbei war es mit Ruhe. Nur heute wartete keiner auf den Klingelton, es gab einen Ausflug. Es war wichtig, die kleinen Murmeltiere auf den *„großen Spielplatz"* der Erwachsenen vorzubereiten, und dieser war draußen. In der freien Natur der Bergwelt.

Eine richtige Kletterpartie hatte die Lehrerin heute als Unterrichtsstunde ausgewählt. Klar war, keiner drückt sich davor.

Ausgenommen der kleine Ferdinand. Wie hätte er mit seinen kurzen Beinchen über die steilen Felsen klettern sollen. Immer hätten sie auf ihn warten müssen. Nicht auszudenken, was alles hätte passieren können, wenn der mächtige Steinadler am Himmel aufgetaucht wäre. Oder „Hinkebein" hätte sich beim Klettern einen Fuß gebrochen! Weit ab vom sicheren Schulgelände. Beinahe schien das Wort „hätte" daran Schuld zu haben, dass Ferdi allein in der Schule zurückblieb.

Traurig saß er zusammengekauert in der Wiese. Alles um ihn herum streckte sich der Sonne entgegen. Der Löwenzahn, die Gänseblümchen und sogar das Edelweiß reckten sich heute noch weiter aus dem hohen Gras heraus als sonst. Nur das kleine Murmeltier ließ seinen Kopf hängen.

„Am besten wäre es, wenn es mich gar nicht mehr gäbe. Denn so macht mir das Leben keinen Spaß!"

Eine dicke Träne kullerte über sein struppiges Fell. Es vermischten sich mit den letzten Tautropfen, die noch an den kurzen Grashalmen hingen.

All dies war Olli nicht entgangen und er sah seine große Stunde gekommen. Wozu besaß er schließlich Zauberkräfte. Hier musste er einfach einschreiten, die arme kleine Fell-Nase hatte eine Aufmunterung dringend nötig.

Stolz baute er sich vor Ferdinand auf und hob seine giftgrüne Mütze an. Kaum hatte er sich für einen Moment dieser Tarnkappe entledigt, blickte er in zwei weit aufgerissene Augen. Gerne wäre das Murmeltier jetzt geflüchtet, aber irgendetwas hielt es auf der Stelle wie festgenagelt.

„Du brauchst keine Angst vor mir zu haben! Bleib nur sitzen, ich bin dein Freund!", sagte Olli zu dem kleinen Murmelknaben.

Während die Augen vor Freude blitzten, lachte er und schüttelte seine roten Schnittlauchlocken. Wie trockene Strohhalme standen die vom Kopf ab.

„Wer bist denn du? Dich habe ich hier oben auf der Alm ja noch gar nie gesehen.", sagte Ferdinand neugierig.

„Ich bin Olli und ich kann zaubern".

„Glaub ich nicht – glaub ich nicht. Warum hast du denn keine Luft in deinen großen Fußball gezaubert?", fragte das Murmelkind frech.

Dabei zeigte er mit der rechten Pfote auf die leere Hülle des Ballons, mit dem Olli gelandet war.

Der prustete laut los vor Lachen und erklärte dem Kleinen nun ganz genau, was ein Fesselballon ist und wie dieser funktioniert.

„Boa, das ist ja cool. Aber was suchst du denn ausgerechnet hier in dieser einsamen Bergwelt", so Ferdinands nächste Frage.

„Ja weißt du, ich war so unterwegs und weil es hier so schön ist, habe ich mir gedacht, das schaue ich mir einmal aus der Nähe an. Außerdem hat mich irgendetwas magisch angezogen. Ganz so, als ob jemand Hilfe sucht! Ich werde das Gefühl nicht los, ich bin deinetwegen hierhergekommen."

„Aber ich bin doch nur ein kleines Murmeltier und ich, ich", fing Ferdinand an zu stottern und hielt unvermittelt inne.

Wie aus einem Munde übernahm Olli: „Du bist mit einem verkürzten Bein auf die Welt gekommen, kannst deswegen nicht überall mit dabei sein und müsstest nur den anderen hinterherlaufen", ergänzte Olli den von Ferdi angefangenen Satz.

„Ja, und dann müssen die immer auf mich warten.", fuhr Ferdinand wiederum fort und wunderte sich.

„Aber woher weißt du das!"

„Ja weißt du, ich kann nicht nur zaubern, sondern auch die Gedanken lesen. Weil ich ein guter Kobold bin, der anderen nie etwas Schlechtes will – und ich weiß ziemlich viel! Schon längst habe ich deine Gedanken gelesen. Ich glaube beinahe, deswegen wurde ich hier wie von Geisterhand gebremst und bin mit meinem Ballon gelandet."

Ferdinand staunte, dass es so etwas gibt, das hätte er sich nie träumen lassen.

„Und jetzt, was hast du vor? Kannst du vielleicht meine Beine reparieren? Ich möchte doch einmal mit den anderen über die Wiesen rennen und den Berg hinaufklettern können."

„Ach ja, wenn das nur so einfach wäre! Ich glaube, soweit reicht meine Zauberkraft nicht aus. Aber ich könnte vielleicht versuchen, dir zu einem Abenteuer verhelfen, welches du dein Leben lang nie mehr vergessen wirst. Du bist ein so lieber kleiner Kerl und denkst immer, du bist nicht so gut und so flink wie die Anderen. Nur, weil deren Beine länger und schneller sind. Dafür bist du der klügste aller deiner Mitschüler und glaubst gar nicht, wie dein Opa und deine Mama stolz auf dich sind. Genau deshalb hast du einen außergewöhnlichen Wunsch bei mir frei. Was immer es auch sei, ich setze alles daran, aus deinem Traum Wirklichkeit werden zu lassen. Gerade jetzt, während alle anderen beim Schulausflug sind, ist das eine ideale Möglichkeit. Also denke genau nach mein Kleiner."

Ferdinand überlegte und überlegte. Ach, wie wäre das wohl schön, etwas völlig Neues kennenzulernen. Aus einer Welt, in die er mit seinen kurzen Beinchen wohl nie hinkommen könnte. In der Schule hatte die Lehrerin einmal erzählt von einem großen Wasser. Nordsee hatte sie dieses genannt. Dort soll es völlig anders sein als hier in den Bergen."

„Ja, ein Wattenmeer gäbe es dort, und bei Ebbe könne man herrlich im Schlick herum matschen hatte sie gesagt!", hängte er noch an.

Ja, das war es, was Ferdinand unbedingt sehen wollte. Dann könnte er seinen Freunden wenigstens einmal von einem Abenteuer erzählen. Olli hatte schon längst die Gedanken des Murmeltieres gelesen. Wie von Zauberhand füllte sich der Ballon mit Luft und stellte sich aufrecht in den Wind. Nur der Korb berührte mit einer Ecke gerade noch so den Boden.

„Komm Ferdi, klettere zu mir herein. Ich zeige dir eine neue Welt. Du wirst dich wundern!"

Doch wie sich der Kleine bemühte, er schaffte es mit seinen kurzen Beinchen nicht in die Gondel. Genauso wie Ferdinands Mama es ebenfalls getan hätte, packte ihn Olli mit kräftiger Hand kurzerhand im Genick, hob ihn hoch und half ihm so in den Korb. Jetzt gab es kein Zurück mehr!

Der arme Kerl war nicht als das mutigste Murmeltier bekannt und ihm war mulmig in der großen Gondel. Inzwischen hatte sich direkt über ihnen der Ballon zu einem riesigen Monster aufgebläht. Noch bevor sich Ferdi richtig festhalten konnte, erfasste auch schon eine Windbö die Fuhre und zog sie sanft nach oben in den Himmel.

Mit großen Augen schaute Ferdinand über den Rand hinunter in die Tiefe. Flugs blieb die zerzauste Bergkiefer neben der Schule immer weiter zurück. Die Dorfkirche unten im Tal entschwand ebenfalls ihrem Blickfeld. Gleichmäßig schwebten sie näher zu den Schäfchenwolken, die am blauen Himmel standen. Ein kalter Südwind trieb die Fuhre mit den ungewöhnlichen Fahrgästen langsam, aber stetig nach Norden.

Die Berge der Alpen hinter ihnen wurden immer flacher, es dauerte nicht lange und sie überquerten ein großes Gewässer. Sie waren am Bodensee angekommen. Tiefblau lag er, wie in einer Mulde eingebettet, zwischen sanften Weinbergen und

18

fruchtbarem Ackerland. Olli erklärte dem inzwischen recht munter gewordenen Fahrgast alle Orte, die sie überquerten. Tatsächlich hatte Ferdi seine anfänglichen Ängste über Bord geworfen. Er zeigte sich überaus interessiert. Nicht umsonst war er der klügste Schüler.

„Siehst du, da unten links? Da, die langgestreckte Insel. Sie ist über einen Damm mit dem Festland verbunden! Das ist die Reichenau. Sie wird bei den Einheimischen nur die „Salat-Insel" genannt. Die Menschen dort verdienen ihr Geld mit dem Anbau von allerlei Grünzeug. Wie der Name schon sagt: Salat, Tomaten, Gurken und sonstigem Gemüse. Überhaupt ist die Gegend um den Bodensee herum sehr fruchtbar. Hier, hinter uns liegt Meersburg und nicht weit davon entfernt Friedrichshafen. Dort im Hinterland wachsen die süßesten Äpfel, die du dir nur vorstellen kannst."

Ferdinand nickte bewundernd mit dem Kopf. Er kam aus dem Staunen nicht mehr heraus.

„Und schau mal dahinten, da - nach Westen! Siehst du diese seltsam geformten Kegel? Das sind Vulkane. Die sind zwar schon lange nicht mehr aktiv und spucken somit kein Feuer mehr. Aber ab und zu gibt es in dieser Region noch kleine Erdbeben."

Was dieser Olli alles wusste, der Knilch war ein lebendes Lexikon! Dabei waren die beiden erst vor einer guten Stunde abgeflogen. Pardon, losgefahren – denn: „Ein Fesselballon ist kein Flugzeug mit eigenem Antrieb. Nur die aufsteigende und erwärmte Luft in dieser riesigen Hülle trägt diesen *Luftballon*, den Rest besorgt der Wind. Damit es im Inneren dieses Monsterballes schön warm bleibt, dafür sorgt dieses Gerät, aus dem immer wieder heiße Flammen nach oben schießen".

Wie ein Lehrer deutete Olli auf den Brenner. Dabei redete er ununterbrochen.

„Das Ding ist so eine Art Riesenfeuerzeug. Direkt darunter steht eine dicke Flasche, gefüllt mit Gas. Dieses wird entzündet und die heißen Stichflammen sorgen dann dafür, dass die Luft im Inneren des Ballons wärmer bleibt als die außerhalb".

Anfangs hatte sich Ferdi über das laute Fauchen und Zischen erschrocken, inzwischen hörte er es gar nicht mehr. Trotzdem hatte er so aufmerksam zugehört, dass er selbst in der Lage gewesen wäre, einen Ballon zu steuern.

Langsam trieb der Wind die Fuhre in Richtung Norden. Direkt unter ihnen lag inzwischen ein breiter Fluss. Das war der Rhein. Es schien, als ob sie dem Lauf des Wassers folgten. Es war nur eine Frage der Zeit, wann und wo sie ankommen werden. Stunde um Stunde verging. Der kleine Ferdinand konnte seine Augen nicht mehr länger aufhalten. Völlig erschöpft schlief er auf dem Boden des Korbes ein. Olli legte eine dicke Wolldecke über ihn. Inzwischen wurde aus dem sonnigen und warmen Tag eine bitterkalte Nacht. Der Ballon hatte es tatsächlich nur mit Hilfe des Windes geschafft und die Nordsee erreicht.

Auf den letzten Kilometern jedoch spürte Olli seine Zauberkraft schwinden. Was sollte er jetzt nur tun? Rechtzeitig brachte er den Fesselballon sicher zwischen den Dünen auf die sichere Erde. Er packte den kleinen Ferdinand und legte ihn, zum Schutz vor Wind, hinter einen rotgestreiften Strandkorb. Kaum hatte er das Murmeltier so versorgt, löste sich der Ballon wie von Zauberhand auf und war weg. Olli konnte nichts mehr tun. Er streichelte dem Schlafenden noch einmal liebevoll über sein struppiges Fell und war ebenfalls verschwunden.

Ferdinand rieb sich verwundert die Augen. Was war denn das? Seine Füße standen auf von Wasser durchtränktem Boden. Mit jedem Schritt, den er vorwärts machte, rutschte er wieder einen halben zurück. Das war ja ulkig! Und der feine Schlick erst, immer wenn er auftrat, quetschte der sich zwischen den Zehen durch.

„Wo bin ich eigentlich und wie komme ich überhaupt hier her?"

Nach Murmeltier-Art stand er auf seinen Hinterbeinen und schaute sich verwundert um. Um ihn herum war alles topfeben. Keine Berge in Sicht. Soweit er sehen konnte, nur Sand, Sand und nochmals Sand! Und ein stürmischer Wind, der Ferdinand beinahe das Gleichgewicht verlieren ließ. Instinktiv streckte er die Knubbelnase in die Luft und schaute nach oben, ob nicht ein Adler seine Runden dreht. Keine Gefahr, oder? Unzählige Möwen flogen kreuz und quer, halsbrecherisch und laut schreiend durcheinander. Dass sie das kleine Murmeltier ignorierten, beruhigte ihn ungemein. Im Moment stand er anscheinend nicht auf deren Speisekarte.

Noch einmal von vorne: Wie war er hierhergekommen? Ferdinand brachte seine Denkzellen in Schwung. Ach ja, da war dieser Kobold. Und ein riesiger Ballon. Ja, - jetzt fiel es ihm wieder wie Sandflöhe aus dem Fell und er konnte sich deutlich erinnern. Hatte er etwa einen Teil der Reise verschlafen? Und wo war denn der rothaarige Kerl mit der grünen Mütze überhaupt? Hatte der sich etwa einfach aus dem Staub gemacht?

Ollie blieb spurlos verschwunden! Aber all die neuen Eindrücke ließen Ferdinand keine Zeit, lange nachzudenken. Instinktiv wusste er, dass er schleunigst eine sichere Höhle bauen musste. Das hatte er in der Schule so gelernt. Doch wohin er sich drehte und wendete, um ihn herum war alles nur Sandstrand. Ein paar Meter entfernt jedoch, hatte ihn der Wind zu einer hohen Düne geformt. Neben einem dicken Grasbüschel fing er an zu graben. Hei, wie ging das leicht und im Nu hatte er mit seinen kräftigen Vorderbeinen eine tiefe Kuhle ausgehoben. Aber, je weiter er grub, desto mehr Sand wurde vom Wind wieder in das ausge-buddelte Loch zurückgeweht. Wie schön war Schnee in den Al-pen, der blieb wenigsten liegen und wurde zu Eis gefroren. So-gar so hart, dass die Murmeltiere völlig geschützt vor Feinden ihren Winterschlaf tief unter der Erde abhalten konnten. Doch hier am Meer war das völlig anders. Den ganzen Tag hatte Fer-dinand mit Buddeln verbracht, eine stabile Höhle zu bauen war aussichtslos. Erschöpft kuschelte er sich in die schwer erschaffe-ne Kuhle. Wenigstens hatte er gegen den allgegenwärtigen Wind etwas Schutz gefunden. Müde vom Graben schlief er auf der Stelle ein, noch bevor die Sonne wie ein rotglühender Ball am Horizont im Wasser versank.

Am nächsten Morgen war von Olli noch immer nichts zu sehen. Nicht einmal Fußspuren im Sand.

„Na das ist mir ja so ein Kamerad! Erst erzählt er mir von seiner unglaublichen Zauberkraft. Dann entführt er mich von meinem sicheren Zuhause und lässt mich dann mutterseelenallein im Nirgendwo sitzen!", brabbelte Ferdi vor sich hin.

Trotzdem empfand er es richtig spannend, was er erlebte. Letztendlich siegte die Neugier. Er hoppelte an diesem frühen Morgen etwas unbeholfen los. Er versuchte sich auf dem endlos erscheinenden Strand zu orientieren. Das war gar nicht so einfach, denn über Nacht hatte sich dicker Nebel gebildet. Das Wattenmeer um ihn herum zeigte sich grau in grau. Keine grünen Wiesen, kein blauer Himmel und die Sonne hatte kaum Kraft, sich ihren Weg durch diese undurchsichtige Masse zu suchen. Eine Höhle! Ferdinand wusste, er muss schleunigst einen sicheren Schlafplatz bauen.

Erneut fing er an, zu graben. Doch genau wie am Vortag rieselte der Sand schneller zurück, als er aus dem angefangenen Loch herausbuddeln konnte. Das wurde so also wieder nichts.

„Vielleicht sollte ich es einmal an einer anderen Stelle versuchen!", so sein Gedanke. Dabei ging er in die Richtung, von woher er das Plätschern von Wellen vernahm. Hier wurde der Boden unter seinen Füßen fester und war herrlich kühl. Immer wieder musste er jedoch Wasserpfützen ausweichen und dachte dabei: „Hier muss es ja ganz schön geregnet haben!"

An einem Priel, wie diese Wasserläufe hießen, schien er den perfekten Platz gefunden zu haben. Mit den scharfen Krallen seiner Vorderbeine brach er den sandigen Boden auf.

Es war das erste Mal, dass er einen eigenen Bau anlegte. Zwar wurde in der Schule schon darüber geredet, aber Theorie und Praxis sind zweierlei Stiefel. Nur die stärksten Murmeltiere sind gute „Löcherbauer", die haben kräftige Füße und dicke Muskeln. Aber mit meinem verkümmerten Bein wird es nie was werden. So zumindest dachte er bisher.

Doch was war denn das? Das Graben ging ja alles babyeinfach! Nur, je tiefer er grub, desto feuchter wurde die Erde. Hatte er zuvor im Sand gegraben, so stand er jetzt bis zum Popo im Schlick. Hei, wie war das witzig, wie sich der Schlamm beim Buddeln zwischen den Zehen hindurch quetschte. Und so leicht, wie das alles ging! Hier konnte er sogar mit seinen kurzen Beinchen eine eigene Höhle graben. Nach gerade mal ein paar Minuten war sie schon so tief, dass es ihm ein Leichtes war, sich darin zu verstecken.

„Ta - ta, darf ich präsentieren? Meine erste, selbstgebaute Behausung. Ha, wenn mich so meine Freunde sehen könnten, wie es hier Spaß macht, eine Höhle zu bauen! Die würden platzen vor Neid!"

Wie so oft redete er mit sich selbst. Nur für einen kurzen Moment dachte er an Zuhause, denn er wurde abgelenkt durch einen seltsamen Zuschauer.

„Hallo, was bist denn du für einer?", fragte er einen Mitbewohner, der sich eben ungefragt mit in seine Höhle geschlichen hatte.

„Ich bin ein Wattwurm" antwortete der mampfend, und futterte währenddessen unbeeindruckt weiterhin Sand in sich hinein.

Genauso wie er diesen in sich hineinstopfte, schied er ihn hinter sich wieder aus. Wie zentimeterlange Wollfäden lagen die jetzt überall verstreut in Ferdinands neu gebautem Heim. Der Wurm blieb nicht lange allein, er hatte die ganze Familie zu einem Festmahl eingeladen.

Das Murmeltier bekam ganz große Augen, denn Regenwürmer kannte er von zu Hause aus den Bergen. Die waren allerdings dunkelrot und dick und fett. Aber diese Wattwürmer sahen völlig anders aus. Ziemlich dünn, und sie hatten keine Augen. Nachdem sich immer mehr von den seltsamen Zeitgenossen einfanden, wurde es ihm zu bunt, und er entschloss sich zur Flucht!

„Nichts wie weg!", dachte er sich und bemerkte beim Verlassen der Höhle nicht, wie weicher Sand von der Decke rieselte. Draußen holte er tief Luft. Irgendwie roch es anders als in den Bergen. War es das Wattenmeer mit seinen Würmern und Krebsen?

Bevor er losmarschierte, spähte Ferdinand sicherheitshalber erst vorsichtig aus dem Ausgang des Baus. Zwar sah er am Himmel viele von den großen weißen Sturmvögeln, aber sie schienen tatsächlich ungefährlich für ihn zu sein. Vermutlich hatten sie entweder noch gar nie ein Murmeltier gesehen oder einfach keinen Hunger. Ohne zu wissen wohin, hoppelte er los. Denn rundherum war alles flach. Oben Himmel, am Horizont das Meer und davor Sand. Nichts, an dem er sich orientieren konnte. Für ein Murmeltier war das Wattenmeer eine ungewohnte Landschaft. Die Dünen sahen aus wie kleine Berge, auf deren Gipfel Gras wuchs. Dick und fett. Aber weder Löwenzahn noch Gänseblümchen gab es hier zu sehen. Auch ein Edelweiß war nirgendwo zu entdecken.

Unmerklich näherte sich Ferdinand dem offenen Wasser und hoppelte in die Richtung, aus der er ein Plätschern vernahm. Es wurde lauter und zuletzt rauschte er vernehmlich. Auf einer anderen kleinen Düne oben angekommen sah er vor sich das weite Meer.

So viel Wasser hatte er ja noch gar nie gesehen. Ok, Murmeltiere sieht man selten schwimmen und Ferdinand war absolut wasserscheu. Wie er an einer Sandburg vorbei hoppelte, griff er sich dort einen rot-weiß gestreiften Schwimmring. Den hatten vermutlich spielende Kinder vergessen und er passte ihm wie angegossen.

„Sicher ist sicher!", dachte er sich, „Jetzt kann nichts mehr schiefgehen!"

In weichen Wellen kam ihm das Meer entgegen und verlief sich am weitläufigen, flachen Sandstrand. Juhu, wie das patschte und spritzte, als er mit seinen Füßchen hinein stampfte. Alles um ihn herum war übersät mit den Hinterlassenschaften der seltsamen Wattwürmer. Sogar Sterne sah Ferdinand, allerdings nicht wie gewohnt am Himmel, sondern in einem der Priele. Sie bewegten sich sehr langsam. Das mussten Seesterne sein, davon hatte er in der Schule schon einmal gehört. Mit jedem Schritt entdeckte er etwas Neues. Wow, was gab er hier viele Krebse. Das waren ja ulkige Tiere, mit riesigen Augen und einer gewaltigen Schere, die sie wie ein zu großgewachsener Arm vor sich herschoben. Zuerst dachte er, er sieht nicht richtig, aber diese seltsamen Zeitgenossen liefen mal seitlich und mal rückwärts.

„Sind die etwa betrunken?", fragte er sich. Zumindest sah es für ihn so aus.

„Autsch" entfuhr es Ferdinand.

Jetzt hatte ihn doch eben einer von den kleinen Krebsen in den Po gezwickt, dem er aus Versehen auf den Schwanz getreten war!

„Autsch!", und gleich noch mal!

„Man – Krebs – entschuldige, ich habe das doch nicht absichtlich gemacht!", erboste sich der kleine Murmelmann.

Es wurde zu viel für ihn. Schnurstracks flüchtete er der Sonne entgegen. Erschrocken bemerkte er, dass er inzwischen schon längst bis zum Bauch im Wasser watete, welches langsam, aber unaufhörlich höher stieg.

Unmerklich hatte die Flut eingesetzt. Das Meer holte sich für ein paar Stunden sein Land zurück. Ferdinand lief, so schnell ihn seine kurzen Beinchen trugen. Doch gegen die Wellen des Atlantiks hatte er keine Chance. Wie bereits erwähnt war er nicht der perfekte Schwimmer. Warum auch, in den Bergen war es wichtiger, ein behänder Kletterer zu sein. Inzwischen stand Ferdinand das Wasser im wahrsten Sinne des Wortes wirklich bis zum Hals. Wenn nicht bald ein Wunder geschah, dann wäre das sein Ende. Aber der kleine Kerl hatte Glück. Weit draußen im Meer hatte ein dicker Dampfer für eine riesige Bugwelle gesorgt, die sich wie eine mächtige Walze auf den Strand zubewegte. Diese Welle war so kräftig, dass sie den schmächtigen Ferdinand in seinem rot-weiß gestreiften Rettungsring wie eine Feder hochhob und ihn ans rettende Ufer spülte. Zwischen anderem Treibgut schwemmte es ihn hin zu einer Düne, wo er im dichten Schilf hängenblieb. Das Ganze passierte so schnell, dass Ferdinand nicht wusste, wie ihm geschah.

Inzwischen wurde es Mittag und die Sonne hatte den höchsten Punkt am Himmel erreicht. Schnell hatte sich die Fell-Nase von diesem feuchten Ausflug erholt und den Pelz getrocknet. Ferdi kletterte auf die Düne hinauf, von dort hatte er die allerbeste Aussicht. Oben angekommen setzte er sich wieder „murmelmännisch" auf seine Hinterbeine und schaute sich um. Instinktiv wie immer mit einem Auge den Himmel beobachtend.

Wie viele Menschen hier auf Achse waren. Familien mit Kindern im Bollerwagen, junge Leute im T-Shirt und kurzen Hosen joggten den Strand rauf und runter! Eine andere menschliche Truppe war mit Stöcken unterwegs. Seltsam, wo haben denn die nur ihre Skier gelassen? Es war eine Freude, all die gut gelaunten Menschen zu beobachten. Ferdinand verlor sein Gefühl für Zeit. Unmerklich war er von der von ihm besetzten Düne abgerutscht und schon wieder drohte ihm neue Gefahr. Nicht die Vögel am Himmel, nein - den langen Strand entlang flitzten ein paar junge Männer mit seltsamen aussehenden Fahrzeugen. Auf einem übergroßen Dreirad war ein Segel montiert und der Wind trieb es flink wie ein Rennauto über den Sand.

„Weg da, du Karnickel", schrie einer von den Rennfahrern.

Wie eine Rakete schoss solch ein Gefährt direkt auf ihn zu. Wie die anderen, die sich ebenfalls rasend schnell näherten, trug der Lenker einen bunten Sturzhelm auf dem Kopf. Erschrocken rettete sich das Murmeltier in letzter Sekunde mit einem Hechtsprung in Sicherheit.

„Hey, ich bin kein Karnickel!", hätte sich Ferdinand gerne verteidigt. Nur wäre das vergeblich gewesen, der halsbrecherische Fahrer war längst wieder außer Hörweite.

29

Ferdinand hatte genug vom Meer gesehen. Er hoppelte an einer Düne entlang, bis eine hochgewachsene Lorbeerhecke ihm den Weg versperrte. Ohne lange zu zögern, buddelte er sich kurzerhand unter ihr durch.

Hinter der Einfriedung stand ein schmuckes kleines Häuschen. Ferdinand bekam große Augen. Das sah ja völlig anders aus, als er es aus seinen Bergen kannte. Rote Klinkersteine an Stelle von Holzdielen, die Haustür war mit leuchtenden Farben bemalt und auf dem Dach lag ganz viel Stroh. Und so eine schöne Wiese - direkt ihm zu Füßen! Bedächtig tappte er über die grüne Fläche. Wie weich sich doch die Erde anfühlte.

Instinktiv scharrte er mit den kräftigen Krallen seiner Vorderbeine auf dem Boden. Siehe da, mit Leichtigkeit hatte er in kürzester Zeit ein tiefes Loch gebuddelt. Man, wie machte das hier Spaß! Er war ganz stolz auf sich und es dauerte nicht lange, da hatte er eine familientaugliche Höhle geschaffen. Ein paar Minuten später hatte er einen zweiten Eingang gegraben, es folgte ein dritter und sicherheitshalber noch einen vierten Notausgang.

Das kleine Murmeltier war stolz auf sich und auf das, was er in so kurzer Zeit zu leisten im Stande war. Und das mit einem *Hinkebein*, welches er überhaupt nicht mehr bemerkte. Zum ersten Mal fühlte er sich wie ein völlig gesundes, normales Murmeltier und buddelte weiter, was das Zeugs herhielt.

Der Boden war ja so weich. Nicht ein Steinchen legte sich ihm in den Weg, um den er hätte drumherum graben müssen. So hatte Ferdinand in kürzester Zeit eine riesige Höhle, mit sage und schreibe insgesamt sechs Ein- und Ausgängen, gebaut. Die ausgebuddelte Erde hatte er direkt neben den frisch gegrabenen Löchern zu imposanten Haufen aufgetürmt, die ihm gleichzeitig als Schutz vor dem Wind dienten. Er war auf sich „*stolz wie Oskar*" und hätte sich am liebsten selbst auf die Schultern geklopft. Wenn seine Pfoten lang genug gewesen wären. Müde und erschöpft suchte er sich den bequemsten Platz in der Höhle aus und legte sich schlafen. Sonores Schnarchen vermischte sich mit dem entfernten Rauschen des Meers.

„Ah, wie habe ich gut geschlafen!"

Ferdi streckte *alle Viere* von sich. Genüsslich gähnte er. So fühlte sich der neue Tag gut an. Und das in einer eigenen, selbst gebauten Höhle! Eigentlich schon die Zweite, die Strandwohnung draußen im Wattenmeer mitgezählt. Ja, hier könnte man es mit einer Familie gut aushalten. In Gedanken schmiedete er große Zukunftspläne. Er schlurfte in Richtung Ostausgang, wo er sich in den ersten wärmenden Sonnenstrahlen zum wiederholten Male ausgiebig dehnte. Frühsport an der frischen Luft! Ja, das tat gut.

Bis – plötzlich eine keifende Stimme die morgendliche Idylle störte. Am Tonfall erkannte er sofort, das bedeutete nichts Gutes!

„Manfred, Manfred, kommst du mal bitte? Es ist was ganz Schreckliches passiert. Schau dir das mal an! Ich glaube wir haben Maulwürfe hier im Garten. Unser schöner Rasen, da sind schon sechs große Löcher drin und überall sind riesige Erdhügel drumherum verteilt."

„Ich komme gleich, Schatzilein" hörte Ferdinand nun eine tiefe Männerstimme.

„Nein nicht gleich – Man -Fred! Komm bitte jetzt! Schau dir das an, sofort."

„Ja, ich komm ja schon – ich will nur schnell in den Keller, da habe ich noch eine Spritze mit Rattengift. Die bringe ich gleich mit. Dann besprühe ich sofort den Rasen damit. Oder nein, besser gleich den ganzen Garten. Den lass ich mir nicht kaputt machen."

„Oh je, was mache ich jetzt?", erschrak sich Ferdinand. Eine bedrohliche Situation.

Zu Hause, in seiner Heimat den Bergen hatte niemand etwas dagegen, wenn Murmeltiere graben. Im Gegenteil, überall stehen dort Schilder mit einer Gebrauchsanweisung für Wanderer.

Doch hier wurde es echt brenzlig für Ferdinand, ja sogar lebensgefährlich! Eine verzwickte Situation. Hier half nur eines, nämlich abhauen! Noch bevor dieser Manfred aus dem Keller kam, ergriff er unter den Augen seiner zeternden und schimpfenden Frau die Flucht. Im wahrsten Sinne des Wortes machte er sich *schleunigst vom Acker*. Gott sei Dank hatte er sich die Stelle mit dem Schlupfloch in der Hecke gut eingeprägt und schwups, schon war außer Reichweite, denn genau in diesem Moment kam eine Gartenschaufel angeflogen und verfehlte ihn nur knapp.

„Boah, das ging ja gerade noch mal gut!", murmelte Ferdinand völlig außer Atem und wischte sich den Schweiß vom Pelz. Und jetzt? Er überlegte.

„Ha – Mensch, ich habe ja noch meine Ferien-Höhle draußen im Watt. Lieber teile ich meinen Schlafplatz mit Würmern, als mit so bösen Menschen wie dieser Manfred mit seiner Giftspritze!", ging es Ferdinand durch den Kopf.

Warum auch immer, aber er musste heimlich grinsen, während er sich in Richtung Strand davon trollte.

Ja, wo war sie denn geblieben, die Höhle, die er gestern am Vormittag gebaut hatte? Glücklicherweise konnte er seine eigenen Spuren zurückverfolgen, noch bevor sie der Wind komplett verwehte. Waren die Fußabdrücke nur schwer zu erkennen, streckte er kurzerhand die Nase in den Wind. Auf diese war stets Verlass.

Er patschte durch die Wasserpfützen im Watt. Hier muss sein Ferienhaus ein. Er roch es deutlich. Aber er fand nur eine Kuhle im Sand vor. Das hatte Ferdinand noch nicht erlebt, dass eine Höhle einstürzen konnte. Dabei war es sein erstes Werk, das er mit eigenen Pfoten gegraben hatte. Und er war doch so stolz darauf. Bestimmt hatten die Würmer Schuld, weil sie ihm in ihrer Fressgier den Verputz von der Wand gefuttert haben! Und jetzt war diese einfach eingestürzt.

Woher sollte das Murmeltier wissen, dass Strandsand sich nicht eignet, um eine stabile Höhle zu bauen. Im Gegensatz zu den *steinreichen* Böden der Berge, die darüber hinaus von kräftigen Wurzeln, wie die der Bergkiefer und anderen alpinen Gewächsen, zusammengehalten wurde.

Es blieb Ferdinand nichts übrig, er begann ein neues Loch zu graben. Er brauchte eine trockene Bleibe, um eine weitere Nacht im Wattenmeer zu verbringen. So buddelte er sich tiefer und tiefer in die Erde. Damit der weiche Sand ihm nicht immer wieder zurück ins Loch rieselte, hatte er sich eine tolle Strategie ausgedacht. Er schaufelte den Aushub nach hinten und setzte sich dann mit Schwung auf das Häuflein drauf. So bildete sich ein fester Sandhaufen. Graben, Sand schieben, laufen und absitzen. Graben, Sand schieben, laufen und absitzen – na also – ging doch! Ein richtig schönes und bequemes Eigenheim entstand. Zum Abschluss war der Notausgang an der Reihe.

„Sicher ist sicher.", murmelte er laut zu sich selbst.

Mit hochgezogenen Augenbrauen begutachtete er den Schlick, der sich unter seinen Nägeln angesammelt hatte und kam zum Entschluss:

„Jetzt könnte eine ausgiebige Fußpflege nicht schaden!"

Inzwischen waren ein paar Stunden vergangen und Ferdinand hatte Hunger. Erst jetzt bemerkte er, dass er schon lange nichts mehr gegessen hatte, so abgelenkt war er durch all diese neuen Eindrücke und dem, was um ihn herum geschah. Doch was stand für ihn als Vegetarier denn hier überhaupt auf dem Speiseplan? Wattwürmer? Igiitigit! Muscheln – bäh – die leben ja noch! Algen, ja das könnte die Lösung sein, aber wie zäh sind diese Dinger! Für den Notfall war es ja ganz ok, dachte sich Ferdi. Doch vor seinen Augen sah er frische Triebe und Wurzeln von Alpenkräutern, Gräsern und der Leibspeise, dem geliebten Labkraut. Hier an der Nordsee wuchs ja nicht einmal ein richtiger Grashalm.

„Ich glaube, so muss es auf dem Mond aussehen!"

Darüber hatten sie nämlich in der Schule schon einmal geredet. Ferdinand blieb nichts anderes übrig, anstatt zu schlafen machte er sich auf die Suche nach Futter. Irgendwo musste hier doch etwas wachsen, was lecker ist und schmeckt. Aber wo er auch hinkam, überall waren nur Wasserpfützen und Sand. Muscheln, kleine Schnecken und Krebse – und – eine geschätzte Million neuer Freunde. Wattwürmer!

Ziellos wackelte Ferdi durch den Schlick. Seinen letzten Ausflug ins Watt hatte er nur zu gut in Erinnerung. Dieses Mal wird ihn die Flut nicht überraschen. Er hielt sich also in der Nähe des Strandes. Hier musste es doch irgendwo vegetarische Kost geben, an der er sich so richtig satt futtern konnte. Doch alles was er fand, war Schilf. Mit seinen scharfen Vorderzähnen schnappte er sich einen dieser langen Stängel und zog ihn aus dem Sand. Zuerst probierte er die Wurzel und biss herzhaft hinein. Bäh – wie schmeckte das salzig. Die war schon mal ungenießbar. Vorsichtig kostete er eines der halbvertrockneten Blätter, doch die bestanden nur aus langen Fasern mit ziemlich scharfen Rändern. Um ein Haar hätte er sich damit in die Zunge geschnitten.

Langsam neigte sich wieder ein Tag dem Ende zu. Wie Scherenschnitte präsentierten sich Strandläufer und viele andere Vögel in der untergehenden, rotglühenden Sonne. Sie waren eifrig damit beschäftigt, kleine Krebse und ähnliche Delikatessen aus den Wasserpfützen im Watt zu picken. Doch dafür hatte Ferdinand kein Auge. Er hatte andere Sorgen. Romantik war etwas für Menschen, aber nicht für hungrige Murmeltiere.

„Jetzt habe ich die Schnauze aber voll vom Wassertreten. Egal, wohin ich mich auch drehe, überall stehe ich mit meinen Zehen in einer Lache!", schimpfte er.

Müde trollte er sich in Richtung seiner Strandhöhle. Hier, an dieser Stelle musste sie sein! Stattdessen fand er nur eine tiefe Pfütze vor und schon stand er bis zum Popo im Wasser.

„In meinem nächsten Leben möchte ich ein Biber sein.", bruttelte er weiter vor sich hin.

Ohne, dass er es bemerkte, hatte die Flut wiedereingesetzt. Soweit sein Auge reichte hatte sie das Watt mitsamt seiner schönen Höhle im Wasser verschwinden lassen.

Das war kein gutes Land für Murmeltiere. Diese Erkenntnis machte Ferdinand wieder bekümmert. War bisher alles hochinteressant - hier eine Kolonie zu gründen, das konnte er sich inzwischen nicht mehr vorstellen. Jetzt erst wurde ihm richtig bewusst, dass er nicht nur das einzige Murmeltier war, sondern auch das Einsamste im gesamten Wattenmeer. Diesem seltsamen Land zwischen Wasser, Sand und Himmel. Er wünschte sich nichts sehnlicher, als wieder in seinen geliebten Bergen zu sein.

„Lass die anderen mich doch hänseln, nur weil sie schneller laufen und besser klettern können. Das macht mir jetzt gar nichts mehr aus. Ich habe gelernt, was ich schaffen kann. Meine Mama, mein Papa und meine Geschwister wären bestimmt sehr stolz auf mich. Aber das werde ich ganz für mich behalten und werde es niemandem erzählen."

Unbewusst redete er, wie so oft, wieder mit sich selbst und hielt für einen Moment inne. Was hatte er eben gesagt? Er wiederholte es noch einmal für sich. Überraschenderweise fühlte er sich danach als das glücklichste Murmeltier der Welt. Dabei huschte ihm ein Lächeln über die Schnauze.

„Ich sehe, du bist ja gar nicht mehr traurig!", hörte Ferdi unerwartet wieder die schnarrende Stimme von Olli.

Wie aus dem Nichts aufgetaucht stand dieser neben ihm. Er musste ihn wohl schon eine Weile beobachtet haben.

„Ja weißt du, ich habe ganz allein meine erste Höhle gebaut und, und ..." sprudelte es nur so aus Ferdinand heraus.

Alles bis ins Detail erzählte er ihm. Olli hörte geduldig zu, obwohl er darüber längst im Bilde war. Immerhin hatte er die ganze Zeit ein wachsames Auge über den Kleinen geworfen. Er war es, der mit unsichtbarer Hand den Bergbewohner auf der großen Welle unbeschadet an den Strand spülte und mit einer flinken Bewegung die fliegende Gartenschaufel von ihm ablenkte. Doch das behielt er für sich, denn er hatte erreicht, dass er mit seinem Zauber einem traurigen Ferdinand wieder die Freude am Leben zurückgeben konnte.

„So Herr Ferdinand!", betonte Olli gespielt förmlich.

„Ich sehe, aus dem kleinen unreifen Balg ist ein erwachsenes Murmeltier geworden. Die Zeit ist reif, dass ich dich wieder zurück zu deiner Familie bringe."

„Ja aber, ich weiß doch gar nicht wo die Berge sind und – es ist bestimmt ein langer Weg bis dorthin."

Olli blieb ganz ruhig und gelassen.

„Dann nehmen wir einfach das nächste Schiff und fahren damit immer den Rhein aufwärts. Der entspringt nämlich gar nicht weit von der Alp entfernt, auf der deine Sippe zuhause ist!"

„Das hört sich ja cool an. Wo gehen wir nochmal rein?"

Olli musste lachen.

„Nirgendwo - dieser Fluss hier vor deiner Nase heißt so! Du musst nur aufpassen, du stehst schon beinahe im Wasser! Mach mal einen Schritt zurück."

Ferdinand verstand überhaupt nichts mehr. Wovon redete der Kerl? Trotzdem tat er wie ihm geheißen. Olli drehte seine

Zaubermütze einmal nach links, hob sie kurz hoch und setzte sie wieder zurück. Das kleine Murmeltier hätte besser einen größeren Schritt gemacht, denn schon stand er bis über sein Stummelschwänzchen im Wasser eines mächtigen Flusses. Breit und langsam wälzte dieser sich in Richtung Meer. Riesige Yachten segelten gegen den Wind und ein gigantisches Containerschiff fuhr keine hundert Meter an den beiden vorbei. Ferdi kam aus dem Staunen nicht mehr heraus.

„Boah, so riesige Schiffe. Die sind ja so hoch wie Berge."

„Ja!", sagte Olli, „aber Berge stehen immer am selben Platz und Schiffe bewegen sich überall dorthin, wohin Waren verschifft werden. Komm, wir nehmen uns diesen Tanker. Mit dem haben wir dann schon die Hälfte unseres Heimwegs geschafft. Der fährt bestimmt hoch bis Mannheim oder gar nach Basel in der Schweiz."

„Du glaubst doch nicht, dass die uns an Bord lassen. Dürfen denn Murmeltiere überhaupt mit einem Schiff fahren?", so Ferdinands Frage.

„Ach das ist kein Problem, nimm einfach meinen Zauberstab in die Hand und dann kann dich niemand mehr sehen. Komm, hier!"

Er streckte ihm dem dünnen Wunderstab hin und Ferdi griff ungläubig danach.

„Wie weiß ich, dass ich unsichtbar bin?"

„Och, das ist ganz einfach. Komm wir gehen einfach über den Steg, auf dem gerade die Matrosen frische Vorräte an Bord tragen. Du musst nur aufpassen, dass dir keiner von denen auf deine Pfoten tritt!"

Gesagt, getan. Ferdinand hoppelte aufgeregt los. Olli trottete gemächlich hinterher. Sie brauchten überhaupt nicht zu rennen, denn solange der Kahn nicht vollständig beladen war, wird er nicht losfahren. Im Zickzack schlichen sich die beiden zwischen den Beinen der schwer arbeitenden Seemänner hindurch aufs Schiff. Jetzt war sich Ferdi ganz sicher, unsichtbar zu sein. Was natürlich einen gewaltigen Nachteil hatte. Er musste aufpassen, dass er nicht totgetrampelt wurde. Höchste Vorsicht war also geboten.

„Komm wir gehen in die Speisekammer, dort sind wir versorgt und ein kleines Fenster gibt es dort auch."

„Ob die auch was für Murmeltiere zu fressen haben?", fragte Ferdi aus gutem Grund. Seit zwei Tagen hatte er nämlich nichts mehr gegessen. Mit Ausnahme eines einzigen, vertrockneten Schilfblattes.

„Ja bestimmt, komm wir schauen mal, was sich hier alles versteckt!"

Unzählige Gläser kamen zum Vorschein. Sie waren gefüllt mit eingemachtem Obst, Kraut, und Wiener Würstchen. In Dosen eingeschweißt fanden sich Fisch und Leberwurst. Dazwischen standen riesige Fässer mit Bier, Mineralwasser und Limonade. Gleich neben dem Eingang drei rappelvolle Kisten mit russischem Wodka und Schnaps. Weit hinten in der Ecke entdeckte Olli darüber hinaus Körbe voller Salat und Gemüse.

„Tata – hier mein Freund!", rief er freudig zu Ferdi – „hier beginnt für uns ein kulinarischer Ausflug ins Schlaraffenland."

Ferdinand traute seinen Augen nicht. Gierig angelte er sich die längste Karotte aus einer der Kisten und knabberte gierig an ihr.

„Du brauchst die Möhre nicht so hastig runterschlingen, wir haben viel Zeit! Wir sind mindestens drei Tage und Nächte unterwegs."

„Aber du kannst doch zaubern und bestimmt das Schiff schneller machen?", fragte Ferdi mit vollgestopften Backen und kaute munter weiter.

„Ja, weißt du, da gibt es ein kleines Problem!", antwortete Olli.

„Manche Dinge brauchen viel Zauberkraft und funktionieren nicht immer so, wie ich es gerne hätte. Vielleicht sollte ich wieder einmal in die Schule gehen und daran arbeiten. Schau Ferdi, ich habe viel mehr Spaß mit Dir gemeinsam unterwegs zu sein. Du bist ein echt lieber Kamerad!"

„Und schließlich wollen wir ja etwas erleben.", ergänzte er, nachdem er einen Moment innehielt.

„Was ist, wenn das Schiff untergeht?", wollte Ferdi wissen und vergaß für einen Moment an seiner Möhre zu knabbern.

„Ich kann doch gar nicht schwimmen!"

„Keine Angst.", entgegnete Olli beruhigend.

„Das wird schon nicht passieren. Außerdem können alle Tiere schwimmen. Auch du! Kannst du dich noch an die riesige Welle erinnern, die dich im Wattenmeer bis an den Strand getragen hatte? Ok, du hattest einen Schwimmring umgelegt und ich gebe zu, den hatte ich extra für dich bereitgelegt."

Stimmt, das hatte der Kleine damals gar nicht mitbekommen. Es ging ja alles so rasend schnell vonstatten und er hatte Mühe, überhaupt atmen zu können, ohne zu viel vom salzigen Meerwasser zu schlucken.

Nicht eine Möhre ließ Ferdinand in der Kiste übrig. Vor lauter Schmatzen hatte das kleine Murmeltier überhaupt nicht bemerkt, wie das Schiff ablegte. Den Bauch vollgeschlagen kuschelte er sich in die hinterste Ecke der Speisekammer. Hier konnte er endlich in Ruhe ausschlafen. Unter dem wachsamen Auge von Olli fühlte er sich wohlbehütet. Langsam und gleichmäßig schaukelnd trat der Kahn rheinaufwärts seine lange Reise an.

Bis zum nächsten Morgen hatten die beiden geschlafen und sich an das Schlingern des Schiffes gewöhnt. Sie suchten sich einen Platz am Fenster. Weil Ferdi so klein war, stellte ihm Olli einen alten Stuhl hin, den er in der Koje nebenan entdeckte.

Draußen zog gemächlich die Uferlandschaft vorbei. Dichte Schilfgürtel trennten das Wasser des Flusses von saftigen Weideflächen. Ferdinand rieb sich verwundert die Augen.

„Du, Olli – sieh mal, die Kühe dort am Ufer auf der Wiese – ich glaube, denen hat der Regen die ganze Farbe abgewaschen!"

Der musste laut lachen. Er erklärte dem kleinen Murmeltier, dass es verschiedene Rassen gibt. Braune, schwarze und buntgefleckte.

„Das ist genauso wie die einen lange und die anderen kurze Hörner haben. Andere wiederum haben kurze Haare oder ein dichtes zottiges Fell."

Er zeigte wieder einmal seine Qualitäten als Lehrer und Ferdinand hörte aufmerksam zu. Es war immer noch so spannend wie am ersten Tag dieser märchenhaften Reise. Gemeinsam schauten sie nebeneinanderstehend durch das Bullauge.

Zuerst war das Land entlang des Ufers platt und topfeben. Nach einem halben Tag Fahrt tauchten kleinere Hügel auf. Das Schiff ließ einen gleichmäßig fließenden breiten Strom hinter sich. Doch bald schon änderte sich das Landschaftsbild. Das Bett des Rheins zog sich in weiten Bögen um die ersten Weinberge. Wobei die noch gar nichts waren gegen die Alpen, in den Ferdinand zu Hause war. Die Strömung hatte sich im Laufe von Millionen Jahren ein tiefes Bett ausgegraben und kratzte vorbei an Felsen, die senkrecht aus dem Wasser ragten. Von Zeit zu Zeit passierten sie ein paar Dörfer, die sich eng an die von Weinreben dicht bewachsenen Hügel schmiegten. Wasservögel flogen erschrocken hoch, als das Schiff an einer Stelle dem Ufer ziemlich nahekam.

„Schau mal Olli, da drüben. Die Fell-Nase sieht aus wie mein

Onkel in der Schweiz. Nur hat der nicht so einen platten, großen Schwanz und seine Zähne sind nicht so lang und vor allem nicht so hässlich gelb!"

„Hey, Biber – ich kenne deinen Onkel!", lachte Ferdi durchs Bullauge dem schwimmenden Artgenossen zu.

Dieser schickte sich eben daran, einen dicken Baum zu fällen. Nur Sekunden später stürzte der laut krachend um und landete quer über einem Bach, der hier in den Rhein mündete.

Inzwischen passierten sie eine große Stadt. In der Hafenanlage standen schwere Kräne und unzählig aufeinandergestapelte Container vermischten sich mit den dahinterliegenden Hochhäusern. Kirchtürme reckten sich dem Himmel entgegen. Am Stadtrand lagen wunderschöne Villen auf Grundstücken, die direkt ans Ufer grenzten. Dicht an dicht wetteiferten schicke Yachten mit schnittigen Segelbooten in allen Größen. Einträchtig vertäut an roten Bojen.

Die Stadt hinter sich lassend änderte sich das Landschaftsbild abermals. Hügel wurden zu richtigen Bergen. Der Fluss wurde schmaler und die kräftigen Motoren des Tankschiffes hatten alle Mühe, gegen die heftige Strömung anzukämpfen.

Laute Männerstimmen erfüllten die Speisekammer und es wurde laut. Die Kisten hatten sich die letzten beide Tage geleert und die Mannschaft war jetzt damit beschäftigt, die Vorräte wieder aufzufüllen. Über Nacht hatte der Tanker angelegt. Obwohl Olli und Ferdinand noch schliefen, wurde mit der Löschung des Frachters begonnen. So nennt man in der

Fachsprache das Entladen eines Schiffes.

„Achtung, Achtung!", sagte Olli und hielt dabei seine Nase zu.

Ferdi musste lachen, es klang wie die Ansage aus einem alten Lautsprecher.

„Alle Hamster, Meerschweinchen und Murmeltiere werden gebeten, das Schiff zu verlassen. Ihr Anschlussboot steht an Steg Nr. 4 und heißt „Else".

„Ay-ay Käpt'n", sagte Ferdi, hakte aber im nächsten Moment nochmal nach.

„Wieso eigentlich, fährt der Kahn nicht bis nach Hause?"

„Nein, das geht doch gar nicht!", antwortete Olli und erklärte.

„Du kennst doch den kleinen Bach, bei euch zu Hause hinter der Schule. Das ist der gleiche Rhein, auf dem wir im Moment unterwegs sind."

„Boah – und der wird so groß?", staunte das kleine Murmelchen.

„Ja, da staunst du, was? Weil wir aber stromaufwärts fahren, wird der Fluss jetzt immer schmaler und das Wasser flacher. Aus diesem Grunde müssen wir auf ein wendigeres Boot umsteigen. Die „Else" ist als kleines Motorboot dafür perfekt. Sie wurde hier gebaut und soll in den Bodensee. Der Mann, der sie gekauft hat, macht mit ihr sozusagen die Jungfernfahrt!"

Dieser Olli wusste aber auch über alles Bescheid und Ferdinand wunderte sich über gar nichts mehr. Unsichtbar, im Schatten ihrer Tarnkappe, stiegen sie um. Das heftig schaukelnde Sportboot hatte zwei dicke Außenbordmotoren am Heck. Doch kaum ging die Fahrt richtig los, wurde Ferdinand immer bleicher um die Schnauze. Seine schwarze Nase wurde schneeweiß und ihm war so schlecht wie noch nie.

„Olli – ich habe Angst, hier möchte ich nicht baden gehen!",
quetschte er mit zusammengebissenen Zähnen heraus.

Er musste sich ernstlich darauf konzentrieren, wie er seinen Magen in der jetzigen Position unten im Bauch halten konnte. Im Gegensatz zu der gemütlichen Fahrt mit dem großen Frachter war dies wie ein Looping auf der Achterbahn, und so ein Ding hätte er nie freiwillig bestiegen.

Olli griff unter die Sitzbank, hangelte sich den rotgestreiften Rettungsring und stülpte ihn Ferdinand um den Bauch.

„So mein Junge, jetzt kann dir nichts mehr passieren. Davon abgesehen, du hast ja noch mich, und ich werde ein wachsames Auge über dich haben."

In rasanter Fahrt ging es gegen die Strömung. Harte Schläge durchfuhren das Boot und die beiden blinden Passagiere mussten sich ordentlich festhalten um in dieser Nussschale nicht hin – und her geschleudert zu werden. Oftmals schien das Boot mehr zu fliegen, als dass es im Wasser mit seinem Bug die Strömung durchpflügte. Obwohl es spritzte und alles nass wurde, gab der Skipper am Steuer mit einem dicken Grinsen im Gesicht Vollgas. Er hatte riesigen Spaß, mit dem PS starken Monster gegen die Wellen anzukämpfen.

„Ist es noch weit?", fragte Ferdi, der inzwischen aussah, als hätte er sich von einem Geist zu Tode erschrocken.

Doch kaum hatte er es ausgesprochen, wurden die Motoren gedrosselt und das Boot glitt, immer langsamer werdend, in einen kleinen Hafen. Igittigitt, jetzt spritzte das Wasser sogar von oben herein. Nicht weit vom Ziel des Freizeitkapitäns entdeckte Ferdi mächtige Felsen. Über diesen ergoss sich eine Unmenge Wasser, welches ihnen entgegenplatschte. Sie waren in Schaffhausen angekommen.

„Siehst du Ferdi? Wir sind hier am größten Wasserfall Europas. Schau nur, welche Masse sich hier über das schroffe Gestein stürzt. Da vorne, siehst du, das kleine Boot mit den Leuten drin? Das fährt mit ihnen jetzt unter dem überhängenden Felsen, über den der Rhein fällt, hindurch. Daher kommt auch sein Name: *Rheinfall.*"

„Nein danke, also ich bin schon nass genug. Sieh nur, mein Pelz braucht Stunden bis er wieder ganz trocken ist."

„Ja eine Seefahrt ist nicht nur lustig, sondern kann auch

ebenso feuchtfröhlich sein.", lachte Olli.

„Aber, weißt du was Ferdi? Was hältst du davon, wenn wir auf die Eisenbahn umsteigen."

„Boa, wäre das cool! Du würdest nicht von mir hören, dass ich nein sage!", antwortete Ferdinand schelmisch.

Nur ein paar hundert Meter hatten sie zu Fuß zu gehen, dann stand schon ein kleiner Bus bereit, der sie zum Bahnhof bringen sollte. In fröhlicher Erwartung auf das nächste Abenteuer stiegen sie ein. Die Türen schlossen sich automatisch hinter ihnen – doch – was war denn das?

Ein Auto ohne Fahrer? Fast unbemerkt rumpelte das niedliche Glasmonster los. Nicht einmal Schienen gab es unter dem Fahrzeug und trotzdem lenkte der Minibus exakt ins Ziel. Das war ja eine coole Erfindung. Woher das Ding nur wusste, wohin es fahren soll?

„Also, wenn ich das zu Hause erzähle, das glaubt mir kein Murmeltier!"

So leise wie sich das erste autonome Elektrofahrzeug bewegte, so andächtig flüsterte Ferdi in Ollis Ohr. Nach ein paar Minuten war das lautlose Spektakel zu Ende. Sie hatten den Bahnhof erreicht.

Erst jetzt bemerkte Ferdi, dass er noch immer den Schwimmring um seinen Bauch trug. Den wollte er loswerden und so hängte er ihn kurzerhand frech an das Schild mit dem Fahrplan.

Freudig bestieg Ferdinand mit dem Kobold zusammen den Zug.
Ohne lange zu fackeln nahmen sie den Waggon mit den größten
Fenstern. Wenn sie schon mit der Eisenbahn fuhren, dann woll-
ten sie wenigstens die vorüberziehende Landschaft sehen.

„Ratatatong - Ratatatong ", machte es eintönig.

In unüberhörbaren und gleichmäßigen Abständen ratter-
ten die Räder des Zuges geräuschvoll über das Gleis.

In den ausgedehnten Biegungen legte sich der Interregio
mächtig in die Kurve. An manchen Stellen rumpelte und schau-
kelte es wie zuvor auf dem Wasser. Doch Ferdi hielt tapfer

durch, so schlimm wie auf dem Rennboot war es längst nicht. Aufmerksam betrachtete er sich die Gegend. So gut, wie es eben ging, denn diese raste in einem Affentempo draußen vor dem getönten Panoramafenster vorbei. Viel gab es zu bestaunen, vor allem die Vielfältigkeit der Landschaft. Links des Zuges schimmerte tiefblau der Bodensee, während auf der gegenüberliegenden Seite die Hügel zu Bergen heranwuchsen, die durch weite Täler und enge Schluchten geteilt wurden.

„Diesen See kenne ich, den habe ich schon einmal gesehen!", rief Ferdi freudig. Er hatte das Fenster weit geöffnet und streckte seine Nase in den frischen Fahrtwind.

„Ja du hast gut aufgepasst. Vor ein paar Tagen sind wir nämlich mit dem Ballon genau an dieser Stelle über den See gefahren.", entgegnete Olli.

„Tschong – ratateng – ratateng – ratateng", machte es urplötzlich. Ohrenbetäubend und laut, gerade mal eine Armlänge von Ferdinand entfernt. Der erschrak sich fürchterlich!

Vor lauter in die Landschaft schauen hatte er übersehen, dass direkt neben ihrem Gleis ein zweiter Schienenstrang für den Gegenzug verlief. Es dauerte nur Sekunden, und dieser war wie ein Spuk wieder verschwunden.

„Boah, war der aber schnell!", meine er zu Olli, immer noch verdutzt dreinschauend.

„Das war der Intercity-Zug. Die sind immer so flott unterwegs und halten auch nur in den großen Städten an."

„Dann fahren wir also mit einem Bummelzug?", wollte Ferdi wissen.

„Fast, ein bisschen schneller ist der schon. Denn wie du siehst verschwindet der Bodensee dort hinten schon wieder. Da drüben, der schmale Fluss, an dem wir vorbeifahren, das ist wieder der Rhein und auf der anderen Seite liegt Österreich."

„Ja und die Berge sind schon richtig groß. Die sehen beinahe so aus, wie die zu Hause."

Aus dem Ton, wie Ferdinand redete, hörte Olli deutlich heraus, dass der Kleine sich echt freute, wieder nach Hause zu kommen. Es ging auch gar nicht mehr lange und es war Endstation für die zwei Freunde. Sie stiegen an der Bahnstation aus und spazierten direkt auf ein gelbes Schild zu.

„Schau hier geht es lang!", rief Ferdi und drehte sich um.

„Olli – Ohollihi!"

51

Der Kobold hatte sich unmerklich aus dem Staub gemacht und war spurlos verschwunden. Mutterseelenallein stand der kleine Murmelmann nun am Bahnsteig. Jetzt war guter Rat teuer.

„Ah, da drüben ist ein Wegweiser! Da werde ich gleich mal schauen, in welche Richtung ich gehen muss!", brabbelte Ferdi wieder halblaut vor sich hin.

Just in diesem Moment kam eine mit schweren Rucksäcken bepackte Familie um die Ecke des alten Bahnhofgebäudes.

„Papa, Papa – schau mal – ein Biber! Oh, wie ist der niedlich!", rief das kleine Mädchen mit dem blonden Zopf. An den Füßen trug sie dicke Wanderschuhe, die eigentlich viel zu groß aussahen.

„Oh ja", sagte Papa, wenn das ein Biber wäre, dann hätte der sich gewaltig verlaufen. Schau mal genau hin Carolin – das ist ein Murmeltier! Sieh nur dort hinten am Berg, überall siehst du die kleinen Burschen. Dabei deutete er mit seinem Arm in Richtung der Alp. Und wirklich, überall, wo sich ein sonniges Plätzchen zeigte, hockten ein paar von diesen lustigen Tieren im Gras.

"Können wir den nicht mit nach Hause nehmen, der ist ja so süß!

Vehement mischte sich jetzt Mama ein, die bisher nichts dazu sagte.

„Aber Carolin, das geht doch nicht. Ein Murmeltier braucht seine Berge. Das arme Ding würde bei uns in der Wohnung eingehen wie ein Blumenstrauß. Wolltest du, dass dich irgendjemand von hier wegbringt und dich dorthin mitnimmt, wo du ganz allein bist und niemanden kennst?"

„Ich glaube Mama, ich würde vor Einsamkeit sterben", sagte sie im tiefsten Ton der Überzeugung und wirkte fast schon erwachsen. Carolin war ein braves und vernünftiges Mädchen, ihre Eltern waren stolz auf sie.

„Ups", schoss es Ferdi plötzlich durch den Kopf, „die können mich ja wieder sehen!"

Beim Aussteigen aus dem Zug hatte er den Zauberstab für einen Moment Olli gegeben. Während der ganzen Reise als blinder Passagier gab er ihn nicht aus der Hand. Nicht auszudenken, was passiert wäre, wäre Ferdi nicht unsichtbar gewesen und die Matrosen hätten ihn entdeckt.

Jetzt schien der Zauber vorbei und es wurde ihm klar, weshalb Olli spurlos verschwunden war.

„Na ja, ich habe ja nicht mehr weit nach Hause. Ich freue mich so auf meine Geschwister, auf Mama und Papa und …"

Eilig hoppelte er los. Trotz der langen Reise fühlte er sich ausgeruht und voller Tatendrang.

Von weitem schon hörte Ferdinand die hellen Pfiffe seines Familienclans. Nur noch die Weide des Nachbarn gab es zu überqueren. Zicklein rupften genüsslich Grashalme mitsamt den Wurzeln aus der Erde. Einer der Böcke meckerte, als Ferdi hastig über dessen „Salat" hinweg trampelte, fraß dann aber wieder unbekümmert weiter. Ziegen, Schafe und Kühe waren an die kleinen Erdbewohner gewöhnt. Beinahe könnte man meinen, sie gehörten einer Familie an. So friedlich verkehrten sie miteinander. Nur der Steinadler, der hoch am Himmel seine Kreise zog, war anderer Meinung. Der hatte Murmeltiere immer noch zum Fressen gern!

Fröhlich pfeifend kamen Ferdis Geschwister direkt auf ihn zu gerannt, als sie ihn auf der Alp erblickten.

„Sag mal, wo warst denn du die ganze Zeit?"

„Man, was haben wir uns Sorgen um dich gemacht?"

„Hey, hast du schon gesehen …", so riefen sie freudig erregt, alle gleichzeitig durcheinander.

Ferdinand wusste gar nicht, wem er zuerst hätte antworten sollen. Aus voller Brust gab er einen lauten Pfiff von sich, versammelte die ganze Clique im Halbkreis um sich herum und fing an zu erzählen.

„Ihr glaubt nicht, was ich alles erlebt habe! Also, das war so …!"

Der Kleine erzählte unter Einsatz aller Pfoten seine abenteuerliche Geschichte. Ausführlich und bis ins kleinste Detail. Die Zuhörer zeigten sich allesamt beeindruckt. Inzwischen wurde der Kreis an Fell-Nasen immer größer. Letztendlich saßen alle Alpbewohner aufmerksam lauschend um Ferdi herum, der nicht müde wurde zu erzählen. Sein Papa war sehr stolz auf ihn und ganz besonders seine Mama. Sie hatte extra eine richtig leckere, dicke Wurzelsuppe zur Feier des Tages gekocht.

Ferdi freute sich über die frische Luft in den Bergen, den blauen Himmel und das satte Grün der Wiesen. Wie sehr vermisste er den rettenden Pfiff seines Papas, wenn Gefahr drohte. Noch mehr fehlte ihm die Ruhe in den Alpen, wohin sich nur selten Menschen verirrten. Vor allem hatte er hier noch nie einen Wattwurm gesehen!

Bald zog der Alltag des Murmeltiers wieder ein. Wie jeden

Morgen hieß es, ab in die Schule. Doch etwas hatte sich bemerkenswert verändert. Wurde Ferdinand zuvor wegen *seinem Hinkebein* gehänselt, so hatte er sich mit seiner abenteuerlichen Geschichte gehörig Respekt verschafft. Die Kameraden warteten jetzt auf ihn, wenn er nicht so schnell folgen konnte. Beim Klettern zogen und schoben sie ihn mit hinauf in die Felsen. Tauchte der fliegende Feind am Himmel auf, dann stellten sie sich schützend um ihn. Der Kleine wurde erwachsen und fühlte sich auf einmal als ganz normales Mitglied in den Kreisen seiner Sippe.

Es dauerte nicht lange, und er wurde einstimmig von allen zum Oberbeobachter des Clans gewählt. So saß er von da an tagaus, tagein auf dem höchsten Hügel direkt neben dem Haupteingang zur Höhle. Mit wachsamen Augen beobachtete er, was auf der Alp geschah. Fortwährend blickte er nach oben. So wie der Adler am Himmel auftauchte, setzte er einen unüberhörbaren Warnpfiff ab und beschützte so den Familienclan. Er hatte ab jetzt die wichtigste Aufgabe im Dorf.

Ferdinand war so glücklich und trug seinen Kopf mit Würde aufrecht, die Nase stets im Wind. Es dauerte nicht mehr lange und er konnte immer besser und schneller laufen. Mit Sprinten wurde es zwar nichts mehr, aber einen Marathon kann man sich auch langsam erlaufen.

So zog sich Monat um Monat über das Land und Ferdinand wurde zwei Jahre alt. Er hatte von Papa gelernt, seine eigene Höhle zwischen die sicheren Felsen zu bauen. Sie war sogar frei von diesen komischen Wattwürmern, stabil und stürzte garantiert nicht ein. Auch ein hübsches Mädchen hat er kennengelernt. Der war es völlig schnuppe, dass Ferdinand hinkte und nicht der Schnellste war. Dafür hatte er den größten

Murmeltier-Bau auf dieser Alm. Das allerschönste aber kommt noch.

In den Schweizer Alpen, hoch in den Bergen, erzählen fünf kleine Murmeltiere mit stolzgeschwellter Brust, was ihr Papa für eine coole Socke ist.

„Schaut nur her – der mit dem kurzen Bein – das ist unser Papa!"

„Wenn Olli zaubert" kommen nicht nur Murmeltiere in Seenot, auch Pinguine lernen zu fliegen.

Ebenfalls aus der Kinderbuch Reihe erschien die unglaubliche Geschichte von Alwin. Der Pinguin aus dem Tierpark Hinterstedt lernt dank der Zauberkraft des kleinen Kobolds das Fliegen. Leider vergaß dieser den richtigen Zauberspruch und überließ den Pinguin ausgerechnet in einem tiefgelegenen Bergsee seinem Schicksal.

Infos zu weiteren Veröffentlichungen finden Sie auf unten genannter Homepage.

Zeitfracht Medien GmbH
Ferdinand-Jühlke-Straße 7
99095 Erfurt, Deutschland
produktsicherheit@kolibri360.de